www.tredition.de

AF287334

Denise C. Barth

Zara & Naya

Die Geschichte einer Freundschaft

www.tredition.de

Umschlaggestaltung, Illustration: Denise C. Barth
Lektorat, Korrektorat: Denise C. Barth, Christian Barth

Verlag: tredition GmbH, Hamburg
ISBN: 978-3-8491-1702-3
Printed in Germany

Für die, die mit dem Herzen sehen

Auf einer fernen Insel lange vor unserer Zeit lebte einst eine Märchenerzählerin, Zara.

Sie war klein und stark, wunderschön anzusehen mit langem weißem Haar, welches sie meist zu einem dicken Zopf geflochten hatte. Sie trug lange schillernde Röcke und ihr kostbarster Schatz waren zwei Feuerkugeln, die sie vor vielen Jahren von einem alten Zauberer bekommen hatte. Sie reiste mit ihrem rotem Pferd durch das Land und wann immer jemand eine Geschichte brauchte, kam Zara und erzählte. Ihre Märchen halfen den Menschen zu finden was sie suchten, egal ob es ein Rat, eine Entscheidung oder Trost war. Zara wusste immer die richtige Geschichte zu erzählen.

Zaras beste Freundin war die Tänzerin Naya und sie hatte ebensolche Feuerbälle, denn die beiden hatten damals den Magier gemeinsam besucht. Naya war ganz anders, sie war laut und bunt, groß und sehr weiblich, sie hatte hüftlanges, dunkles, gelocktes Haar und einen fließenden weichen Gang. Die Tänzerin hatte viel Gepäck bei sich und fand immer jemanden der sie zum nächsten Ort mitnahm, wo sie tanzen und Freude hinbringen wollte und sollte.

Die Feuerkugeln hatten Naya und Zara mit Ketten versehen und konnten damit wunderschöne Figuren aus Feuer in den Nachthimmel zaubern. Sie tanzten zusammen und spielten mit dem Feuer gegeneinander. Sie stellten Szenen dar und zeigten bedingungsloses Vertrauen wenn die Eine die Andere mit dem Feuer umkreiste. Dieser Feuertanz war Teil des Wintersonnwendrituals und beschwor die guten Mächte, um alle zu beschützen.

So trugen diese beiden Frauen dazu bei, dass die Insel in Frieden leben konnte. Denn die Märchen und der Tanz berührten die Menschen in ihren Herzen und beschützten sie gegen den Unbill, den Neid, die Eifersucht und den Hass.

Naya und Zara wussten um ihre Aufgabe als Beschützerinnen und Hüterinnen, aber es wuchs kein Stolz darüber in ihren Herzen.

Nein, es war ein Teil ihres Lebens und sie erfüllten ihre Aufgaben mit größter Liebe.

Die beiden Freundinnen sahen sich meist nur einmal im Jahr zur Wintersonnwende, wenn das ganze Volk der Insel sich zum größten Fest versammelte, um für das letzte Jahr zu danken und das neue Jahr zu begrüßen.

Es war jedes Jahr ein herrliches Fest, welches tagelange Vorbereitungen kostete, denn es gab Unmengen an Köstlichkeiten zu essen und zu trinken. Musiker aus allen Teilen der Insel trafen sich und komponierten neue Lieder für die lange Tanznacht. Gaukler und Komödianten kamen und jeder wollte den Anderen übertreffen mit seinen Künsten. In der Mitte des Festplatzes würde die ganze Nacht ein großes Feuer brennen und die Menschen würden darum singen und tanzen. Es war jedes Jahr wieder ein unbeschreibliches, wunderschönes Schauspiel.

Aber die Höhepunkte dieses Festes bildeten der Tanz Nayas, das gemeinsame Feuerspiel der beiden Freundinnen und ganz zum Schluss des Festes die Erzählung Zaras. Das war der Abschluss des alten Jahres und die Geburt des Neuen Jahres.

Daraus erwuchs die Zuversicht auf ein gutes Jahr, mit reicher Ernte, gesunden Tiere und wenigen Toten, vor allem aber mit der Hoffnung auf ein Jahr ohne Kriege.

Die Menschen freuten sich auf diese beiden besonderen Frauen, sie bedeuteten viel auf der Insel und etliche Streitigkeiten hatten die beiden auf ihre unbeschreibliche Art das Leben zu lieben, beilegen können.

Nur der Neider nicht. Der Neider, klein und gedrungen mit schwarzem langem Haar, dunkel gekleidet, beobachtete viele Jahre die beiden Frauen auf dem Fest.

Der Neider trug keinen Namen mehr, er mochte das Leben nicht, er mochte die Sonne und das Lachen nicht. Eigentlich mochte er sich selbst nicht, nur das wusste er nicht und er wusste auch nicht warum das so war.

In dem Jahr als der Neider beschloss sich an den Freundinnen zu rächen für sein trauriges Leben, denn er war überzeugt, dass diese beiden daran Schuld trugen, planten auch die Nordmänner einen Angriff, aber davon ahnte niemand etwas.

Am Tag der Wintersonnwende schien die Sonne und wärmte mit zaghaften Strahlen die Erde. Alles war friedlich, die Vögel zwitscherten und alle Inselbewohner waren wie jedes Jahr zusammen gekommen um das Fest vorzubereiten. Es herrschte eine ausgelassene und glückliche Stimmung. Das vergangene Jahr war ein Gutes gewesen. Es gab eine reiche Ernte, viele junge Kühe, Schweine und Pferde und von großen Krankheiten war die Insel auch verschont geblieben. Alle blickten mit Freuden auf das große Fest.

Was wohl die Gaukler und Spielleute zeigen würden?

Und die Musiker, welche Kompositionen sie als Dank für ein so gutes Jahr wohl erschaffen hatten? Aber am meisten waren alle auf Zara und Naya gespannt. Ihre Darbietungen waren ein Omen, denn diese beiden weisen Frauen ließen sich nur von ihren Gefühlen leiten.

Der Tanz, wie die Geschichte waren ein Hinweis auf das was kommen würde, als könnten die Freundinnen in die Zukunft sehen.

Ihr gemeinsamer Feuertanz war ein Spiegel des Lebens der Insel und verband auf diese Weise alles miteinander.

Zara und Naya trafen sich etwas abseits in einem kleinen Wäldchen. Sie sprachen Stunden miteinander, tauschten aus was sie erlebt hatten und besprachen was sie tief in ihrem Inneren fühlten. Zu niemand anderem konnten die Beiden so offen und ehrlich sprechen, denn ihre Gedanken und Gefühle waren oft zu verwirrend und absurd.

Die Tänzerin und die Erzählerin waren glücklich sich zu sehen und die Zeit verflog in Gesprächen und ausgiebigem Lachen.

Bald war der Abend gekommen, die ersten Gaukler zeigten ihre Stücke und schon versuchten sich die Musiker zu übertrumpfen, bevor sie ihr gemeinsames Lied anstimmten. Herrliche Gerüche zogen über den Festplatz und von überall schallte Lachen. Das große Lied aller zusammen war der Auftakt zu den eigentlichen Feierlichkeiten und danach bedankte sich der Älteste der Insel bei allen, liess in einer kurzen Rede das Jahr Revue passieren, gratulierte frisch gebackenen Eltern zu ihren Sprösslingen, ehrte in Gedanken die Verstorbenen und dankte anderen für ihre guten Arbeiten.

Dann war es soweit.

Naya tanzte. Es war unglaublich. Ihr Körper war Musik und Hingabe, Bewegung und Geschichte. Naya hatte ein leuchtend rotes Kleid gewählt mit langen Ärmeln und glitzernden Bordüren. Ihre Haare flogen um ihren Körper und wie in Trance wussten die Trommler, die sie begleiteten, immer genau wann sie das Tempo wechseln mussten. Der Tanz erzählte eine Liebesgeschichte mit viel Demut und Freude. Naya wirbelte um sich selbst in einer unbeschreiblichen Anmut. Ganz zum Schluss nach einem wilden Wirbel setzte leise und sacht eine Panflöte ein und Naya schien zu verschwinden in fließenden Bewegungen. Jeder konnte die Liebe spüren die aus diesem Tanz hervorging.

Eine alles übergreifende Liebe.

Es blieb lange still, keiner rührte sich nachdem Naya geendet hatte, so ergriffen waren die Menschen. Erst der Schrei einer Eule brachte die Realität zurück. Die Menschen sprangen auf klatschen, jubelten und fielen sich in die Arme, Liebende küssten sich innig, Mütter umarmten mit einer tiefen Sehnsucht ihre Kinder.

Das Fest ging weiter.

Dann kam der Feuertanz. Nie übten die beiden Freundinnen was gespielt und getanzt würde, es kam tief aus ihrem Inneren und hatte die Bedeutung der Vorahnung.

Zara und Naya spielten, es war ein schnelles Spiel. Die Feuerkugeln zischten um sie herum, zu schnell um noch als einzelne Kugeln erkannt werden zu können. Es sah aus, als würde das Feuer die beiden umschließen, ihnen einen sicheren Raum bieten. Die Kugeln tanzten, das Feuer war weiß und orange, hell und schillernd. Ein Wechselspiel. Unglaublich schön anzusehen.

Aber mit einem Mal änderte sich alles. Naya und Zara wussten nicht warum sie in einen Kampf fielen, natürlich würden sie sich nicht verletzen, aber es war als würden ihre Feuerkugeln selber spielen. Das Spiel wurde noch schneller, die Feuerkugeln sausten um die beiden herum und das Rauschen des Feuers wurde immer lauter. Die Farbe des Feuer änderte sich es wurde rot, kraftvoll und dunkel. Es war unheimlich und schön zugleich, die Aggression war fast körperlich spürbar.

Die Zuschauer merkten die Veränderung augenblicklich, jeder hielt die Luft an.

Es geschah etwas, oder es würde etwas geschehen, das erzählten Ihnen die Feuerbälle und es war nichts Gutes.

Erschöpft und außer Atem beendeten die beiden Freundinnen das Feuerspiel und verließen sofort den Festplatz. Sie mussten miteinander sprechen, alleine!

Am Rand des Festes stand der Neider und lachte in sich hinein. Ja, das war es was er sehen wollte, Angst und Unmut!

Das Fest ging trotzdem weiter, vielleicht eine Spur leiser, ein bisschen langsamer, aber es war die größte Feier des Jahres und nur ein ungewöhnlicher Feuertanz konnte das nicht stoppen.

Naya, die in ihrem eigenen Tanz kurz zuvor nur Glück und Liebe getanzt hatte war noch verwirrter als Zara. Als sie bei ihren Zelten angekommen waren, schlüpften sie in Naya´s hinein und ließen die Zeltklappe zufallen. Danach nahmen sie sich lange in die Arme und sprachen nicht.

Die Märchenerzählerin fand als erste ihre Sprache wieder.

„Was bedeutet das? Noch nie wurde ich von so starken Kampfgefühlen überwältigt. Um der Liebe willen, dass ist kein gutes Zeichen!" Naya stimmte ihr zu. Auch sie hatte eine tiefe Angriffslust in sich verspürt und konnte dieses Gefühl nicht einordnen.

Beiden war klar, dass es sich nicht um einen Zufall handeln konnte. Der Magier, der ihnen damals die Feuerkugeln geschenkt hatte, sprach davon, dass sie ihnen den Weg durch schwierige Zeiten weisen würden. Nun war der Zeitpunkt wohl gekommen.

Die beiden Freundinnen wussten sich keinen Rat und so beschlossen sie zurück zum Fest zu gehen und dass Zara ihre Geschichte erzählen würde, wie es seit langem Brauch war. Danach würden sie entscheiden ob und was sie tun könnten.

Auch die Geschichte brauchte keine Vorbereitung sie kam immer tief aus Zaras Innerem.

Die Feier neigte sich seinem Ende, die Fässer waren leer getrunken, die Ochsen verspeist, alle Gaukler hatten gespielt, alle Lieder waren gesungen worden.

Nun war es Zeit für Zaras Geschichte. Die Menschen ließen sich in einem großen Halbkreis am Feuer nieder und warteten auf die Erzählerin. Die meisten hatten den spektakulären Feuertanz vergessen.

Zara setzte sich beim Feuer nieder, ordnete ihren in allen Regenbogenfarben schillernden Rock und schwieg einen Moment um sich zu sammeln. Sie wusste, dass ihre Geschichte zu ihr kommen würde, so wie es schon immer war. Der Ort und die Menschen zu denen sie sprach, brachten die Erzählungen zu ihr.

Als sie die ersten Worte sprach kehrte Stille ein. Die kleinen Kinder lagen bei Vater oder Mutter in den Schoss gekuschelt und schliefen, die größeren Kinder hörten auf zu zappeln und alle waren gespannt was kommen würde.

Jedes Märchen begann mit den Worten:

In einem fernen Land, in einer anderen Zeit....so auch diesmal.

Zara Stimme war kraftvoll und tief.

Sie erzählte von zwei Kindern, welche aus-
erwählt waren ihren Stamm zu beschützen
und dies nur dadurch tun konnten, indem sie
ihre Familien verließen. Diese zwei Kinder, ein
Junge und ein Mädchen mochten sich nicht
und schon allein diese Tatsache machte alles
noch schwieriger. Einen langen, gefährlichen
Weg durch tiefe Wälder und über hohe Berge
mussten die beiden Kinder überstehen und
nur dadurch dass sie wussten, dass keiner von
ihnen ohne den anderen überleben konnte,
vertrauten sie einander und überstanden alle
Gefahren gemeinsam. Am Ende des Weges
verletzte sich der Junge schwer und nur die
Hingabe des Mädchens, welches ihn aber für
den letzten Rest der Strecke nicht mehr ge-
braucht hätte, rettete ihn. Und so kamen beide
bei dem Stamm ihrer Freunde an und es konnte Hilfe zu ihren Eltern und Freunden geschickt werden.

Eine Geschichte über den Krieg. Alle waren
zutiefst betroffen. Es war eine dunkles Märchen gewesen.

Nicht einmal der Neider konnte sich freuen.
Er hatte den Plan gehabt die beiden Frauen,
die immer so herzlich und hilfsbereit waren,

über deren Lippen nie ein schlechtes Wort kam, zu beleidigen und zu beschimpfen und wenn das die Beiden nicht zur Wut brachte wollte er sie auch körperlich angreifen. Sie waren ihm zuwider mit ihrer immer freundlichen Art. Er wollte, dass sie hässliche Worte sprachen, wollte den Anderen zeigen, dass auch diese Beiden tief in ihren Herzen Böses trugen. Aber nun, als er diese traurige Geschichte gehört hatte und auch er spürte, dass es etwas Schreckliches zu bedeuten hatte, fühlte er sich klein und elend.

Das machte ihn wütend.

Laut brüllend stürzte er sich in die Mitte des Halbkreises. Die Menge schrie entsetzt auf. Der Neider war zwar nicht groß, aber er galt als der stärkste Mann der Insel.

Zara blieb ruhig sitzen, sie kannte diesen Mann seit Jahren und fürchtete ihn nicht.

Naya kam zu ihrer Freundin in die Mitte und liess sich bei ihr nieder. Der Neider stand in der Mitte des Halbkreises, keiner sagte etwas, eine ungute Stille erfüllte den Festplatz.

Mit einem mal brüllte er: „Ich werde uns alle retten!" und rannte davon.

Wieder kehrte Stille ein.

Nach einiger Zeit stand der Älteste der Insel auf und sprach mit leiser, brüchiger Stimme: „Unheil wurde uns angekündigt. Wir können hier nicht sitzen und warten bis es geschieht. Wir können aber auch nicht losstürmen, wie es der starke Mann gerade getan hat. Wir müssen überlegen und beratschlagen was zu tun ist. Morgen, wenn die Sonne am höchsten steht, treffen wir uns wieder hier, bis dahin wünsche ich euch Frieden!"

Damit drehte sich der Älteste um und verließ den Festplatz. Die Menschen der Insel taten es ihm gleich und zum Schluss saßen nur noch die Tänzerin und die Erzählerin am großen Feuer, noch immer schweigend.

Naya sprach: „Er wird uns nicht retten können und unsere Bauern der Insel auch nicht. Wir waren noch nie gute Krieger." Zara stimmte ihr zu. Wieder schwiegen die Beiden. Nach einer Weile überlegte Zara laut: „Die letzten Angriffe auf unsere Insel waren halbherzig und unvorbereitet gewesen. Das Meer, der Wind und der Nebel waren uns immer zu Hilfe gekommen. Aber diesmal wird es anders sein."

Nun stimmte Naya ihrer Freundin zu und wieder schwiegen sie. Jede in ihre Gedanken versunken.

Am Horizont erschien dass erste Leuchten als beide wie aus einem Munde sprachen:

„Dieses Mal liegt es an uns."

Sie mussten lachen und mit einem mal war die größte Anspannung verschwunden. Sie waren sich sicher eine Lösung zu finden. Sie standen auf und gingen zum Meer um sich am Sonnenaufgang zu freuen.

Der Neider, vom Ältesten nur der starke Mann genannt, war davon gestürmt ohne zu wissen was er tun wollte, er war auch am Meer.

Naya und Zara gingen zu ihm, wohl wissend, dass er gegenüber dem Leben immer Zorn empfand, aber im Gegensatz zum starken Mann selber, wussten die beiden Frauen warum er eine so unglaubliche Wut in sich trug.

Er war als Zwilling geboren worden, aber seine kleine Schwester starb kurz nach der Geburt. Das Gefühl des Verlustes war sein Leben geworden, aber nachdem er das nicht wusste, war es in ihm ein Gefühl von Zorn.

Jetzt war es an der Zeit mit ihm zu reden, denn nur eine heile Seele kann eine rettende Seele für andere werden. Seine Eltern waren früh verstorben, immer mit der Ausflucht auf den Lippen eines Tages werden wir es ihm erzählen, nicht merkend dass sie ihm damit eine solche Last gegeben hatten. Danach traute sich keiner mehr in anzusprechen und selbst sein Name war in Vergessenheit geraten. Nur Zara kannte seinen Namen noch.

Langsam ging sie auf ihn zu: „Du bist Solo, der Einsame, das ist dein Name, Solo. Deine Mutter gebar nach dir deine Schwester zu klein um zu leben, deshalb trägst du diesen Namen."

Der Neider, der Starke, sah die beiden Frauen lange an, sein Gesicht spiegelte einen Berg an Gefühlen, aber ganz zum Schluss, nach Wut, Angst, Trauer und Schmerz erschien ein Lächeln in seinem Gesicht, er schien zu wachsen.

„Solo." ein Lächeln, „Ich bin Solo!" ein Strahlen, „SOLO!!!" und Tränen des Glücks flossen über sein strahlendes Gesicht. Nun stand ein Anderer vor den beiden Freundinnen, ein Kämpfer, ein starker Mann, aber ein guter Mann.

Sie nahmen sich bei den Händen und in diesem Augenblick beschien der erste Sonnenstrahl des neuen Jahres die Insel und tauchte sie in goldenes Licht.

„Hoffnung" war der Gedanke aller Drei in diesem magischen Moment.

Sie blieben lange so stehen und sprachen nicht, jeder in seine eigenen Gedanken versunken und doch alle mit dem gleichen Thema beschäftigt.

Solo sprach als Erster: „Danke, ich wusste immer, dass ihr ein Teil meiner Geschichte seid, warum wusste ich nicht und deshalb war ich auf euch besonders wütend, verzeiht."

„Es ist nicht deine Schuld, alle haben zu lange geschwiegen, wir auch, verzeih du uns." war die Antwort von Zara und Naya nickte.

Sie blieben am Strand bis die Sonne ganz erschienen war, danach gingen sie zurück zu ihren Zelten und aßen. Sie mussten sich stärken, es würde ein langer Tag werden mit vielen Gesprächen, Auseinandersetzungen und verschiedenster Ideen was zu tun sei, angesichts der Botschaften der vergangen Nacht.

Denn auch Nayas unbeschreiblich leidenschaftlicher Tanz war im Zusammenhang mit dem Feuerkampf der magischen Kugeln und der Erzählung Zaras anders zu bewerten.

Leidenschaft, Vertrauen und Hingabe waren die tragenden Worte der drei Botschaften geworden.

Aus diesen drei Worten mussten sie die Rettung finden. Zu dritt, denn Solo war an diesem Morgen ein Teil dieser Geschichte geworden.

So gingen sie auch zu dritt als die Sonne am höchsten stand zum Festplatz.

Jetzt im Licht der strahlenden Sonne und dem Gefühl der Angst in den Herzen der Menschen fühlte sich dieser Platz nicht mehr festlich an. Furchtsam, klein und still erschien alles, obwohl sich das ganze Volk der Insel, so wie es der Älteste gewünscht hatte, wieder hier versammelt hatte.

Der Älteste stand mit seinen vier Ratgebern und vier Ratgeberinnen am erloschenen Feuer und machte ein müdes und erschöpftes

Gesicht. Sie wurden der Kreis der neun Weisen genannt.

Sein Gesicht erhellte sich als er Zara, Naya und Solo gemeinsam auf sich zukommen sah. „Das ist gut, sehr gut." sprach er als die Drei den Kreis der neun Weisen erreicht hatten. „Nun sind wir zwölf, so wie es immer sein sollte. Zwölf für die Nacht oder den Tag, für Licht und Schatten, Aufgang und Untergang."

„Na dann, sorgen wir für Licht und Aufgang. Ich bin Solo und ich bin bereit!" antwortet Solo und lachte.

Alle starrten ihn sprachlos an, dass der Neider lachen konnte und seinen Namen wieder hatte, daran mussten sich die Menschen erst gewöhnen. An vieles mussten sich die Menschen an diesem Tag gewöhnen. An die Gedanken von Waffen und Krieg, Schwerter und Bögen und vor allem an den Gedanken des Verlustes und des Todes. Es wurde ein langer Tag.

Ein paar Frauen und Männer sorgten für Essen und Getränke, ansonsten wurde überlegt und gestritten, heftig debattiert und wehgeklagt. Naya und Zara saßen bei allen und hörten zu.

Am späten Nachmittag kam Zaras rotes Pferd zu ihr und stupste sie sacht mit der Nase. Zara noch immer in ihrem weißen schillernden Rock glitt sanft auf den Rücken ihres Pferdes und ritt davon. Sie musste denken und das konnte sie am besten alleine auf ihrem geliebten Pferd.

Naya ging zum Strand hinunter. Solo folgte ihr. Was keiner wusste, Solos Trost in all den Jahren der Wut, war eine kleine Trommel gewesen und während Naya nun am Strand langsam in einen Tanz fiel begleitete Solo sie. Naya und Solo tauchten ab in den reinen mächtigen Rhythmus des Lebens. Zara viele Kilometer entfernt spürte diesen Rhythmus durch den wilden Galopp ihres Pferdes in sich. Wieder waren die Drei verbunden und genauso erschien ihnen gemeinsam die Vision.

Die Vision einer Reise, ihrer Reise.

Spät in der Nacht trafen sich die Drei bei den Zelten. Zara sprach als erste: „Ihr wisst es, wie ich es weiß. Wir müssen aufbrechen, es ist keine Zeit zu verlieren. Nur wenn wir die Steppenreiter weit im Osten vom großen Festland rechtzeitig erreichen, können wir unsere Insel retten und selbst das ist nicht sicher. Denn nur eine alte Freundschaft zwischen unseren Völkern gibt mir die Zuversicht auf ihre Hilfe.“

Solo und Naya gaben der Feuerspielerin recht.

In der gleichen Nacht brachen sie mit einem der größeren Schiffe der Insel auf.

Zaras rotes Pferd stand im Bug wie eine Galionsfigur. Naya hatte entgegen ihren Gewohnheiten, wie Zara nur einen kleinen Lederrucksack bei sich. Solo kam mit einem Beutel, gefüllt mit Trockenfleisch und Dörrobst, sowie einem großen Speer zu ihnen. Die beiden Frauen trugen ihre Feuerkugeln um die Hüfte gebunden, beide hatten große Jagdbögen an den Schultern hängen, ihre geliebten Röcke hatten sie gegen Lederhosen getauscht.

So standen sie zusammen, schweigsam und in sich gekehrt am Heck des Schiffes und sa-

hen in die dunkle Nacht und dem vor sich hin-
wogendem Meer hinaus.

Eine kleine Mannschaft steuerte das Schiff
sicher durch die Insel umgebenden Felsen und
die Nebel hindurch hinaus aufs offene Meer.
Das Festland lag bei gutem Wind nur drei
Tagesreisen entfernt.

Die Strömung und der Wind meinten es gut
mit den Reisenden und so gelangten sie am
frühen Morgen des dritten Tages sicher ans
Festland. Sobald Solo und die beiden Frauen
das Boot verlassen hatte brach das Schiff zur
Rückkehr auf, in genau zehn Tagen zur selben
Stunde wollte die Mannschaft die Drei wieder
abholen.

Zehn Tage hatten Solo, Naya und Zara. Das
war nicht viel Zeit. Das Land der Steppenreiter lag weit im Osten. Sie würden Tag und
Nacht unterwegs sein müssen und selbst dann
war es ungewiss diese Strecke hin und zurück
zu schaffen, aber es blieb ihnen keine andere
Wahl. Ihre gemeinsame Vision war deutlich
gewesen, mehr Zeit blieb Ihnen nicht.

Danach würde ein fremdes Volk weit aus
dem Norden mit gigantischen Schiffen erst
ihre Insel angreifen und dann das Festland

und alle umliegenden Inseln. In ihrer Vision waren die Krieger grausame Barbaren ohne Mitleid und Schonung, nicht mal den Alten und Kindern gegenüber.

Sie würden alles vernichten was Ihnen in den Weg kam.

An Land angekommen machten sie sich sogleich auf den Weg. Im nächsten Dorf besorgten sie sich zwei weitere Pferde und ausreichend Proviant. Sie bezahlten mit dem Gold welches der Rat der Neun ihnen mit auf die Reise gegeben hatte und sie bezahlten mit der Warnung und der Wichtigkeit ihrer Reise. Sie baten den Händler sein Volk zu warnen und die Nachricht auszuschicken. Es blieb ihnen nur zu hoffen das alle ihre Warnung ernst nahmen.

Hier am Rand der Küste waren Zara und Naya bekannt und deshalb waren sie sich sicher, dass die Menschen sie ernst nahmen. Aber im Landesinneren kannte kaum jemand die beiden Frauen. Sie mussten darauf vertrauen, dass ihre Freundschaften den anderen Völkern Garant genug war.

Zügig ritten sie gen Osten, zu jeder vollen Stunde ein kurze Rast einlegend um die Pferde zu tränken und etwas grasen zu lassen. Nach einigen Minuten saßen sie wieder in den Sätteln und trabten in hohen Tempo in Richtung der Ländereien des Steppenvolkes. Sie hofften, dass die Pferde im Trab länger durchhalten würden, als im Galopp. Es lagen nicht viele Dörfer auf ihrem Weg wo sie Pferde tauschen konnten. Städte mieden sie ganz um schneller voran zu kommen.

Vor vielen Jahren war Zara bei den Steppenreitern gewesen, daher kannte sie die Strecke und ihr rotes Pferd war damals ein Geschenk vom Rat des Steppenvolkes. Zara erinnerte sich gerne an diese Begegnungen, konnte sie damals doch einen Krieg zwischen zwei Ratsbrüdern durch ihr Verhandlungsgeschick verhindern. Das Land des Steppenvolkes war riesig und an vielen Stellen karg, die Hirten mussten mit ihren Herden täglich weite Strecken zurücklegen um genug Futter und Wasser zu finden. Das Leben in der Steppe war hart und einsam, aber das Volk frei und fröhlich. Ihr Vieh und ihre Pferde zäh und stark.

Zu Vollmond traf sich fast das komplette Volk an einer wunderschönen Oase an einer der seltenen Quellen des Landes um Neuigkeiten auszutauschen, den Verstorbenen die Ehre zu erweisen, den Neugeborenen den Segen zu geben, Waren zu tauschen und Ehen zu schließen.

Das war die einzigste Chance welche die drei Reisenden hatten um die Steppenreiter zu treffen und zu sprechen.

Die ersten beiden Tage verliefen ohne Zwischenfälle, sie kamen gut voran und trugen große Hoffnung in ihren Herzen.

Bei Einbruch der Dämmerung stürzte das Pferd von Zara und kam erst nach einigen Versuchen wieder auf die Beine, es hatte zwei tiefe Risse an den Beinen und blutete stark. Zara hatte nur ein paar Schrammen abbekommen. Aber an ein weiterreiten noch dazu in dem hohen Tempo war nicht mehr zu denken. Naya und Solo mussten Zara zurücklassen.

Die Feuerspielerin erklärte ihnen so gut wie möglich den Weg, vor allem immer nach Osten, die Hügelketten des nahen Gebirges im Süden überqueren, dann den großen Fluss bei einer langen Kurve durchreiten und weiter dem Sonnenaufgang entgegen. Am fünften Tag müssten sie eine große Gruppe alter verkrüppelter Bäume im Norden sehen können. Nahe diesem seltsamen Zeichen entspringt die Quelle an der sich die Steppenreiter zur Vollmondnacht treffen würden. Sie sollten sich beeilen, wenn sie den Weg auch noch suchen mussten, bräuchten sie noch mehr Zeit.

Zara fühlte sich verzweifelt und schimpfte sich selber als einen blinden Ochsen. Aber es half nichts, ihr rotes Pferd konnte nicht weiter und sie wollte und konnte es nach den vielen Jahren der Treue nicht im Stich lassen. Außerdem konnte keines der anderen beiden Pferde noch einen Reiter aufnehmen, Dörfer gab es nicht, sie befanden sich am Rand der Hügelketten des Gebirges. Die Gegend war schroff und karg. Zara konnte nur auf das Glück hoffen, Heilpflanzen zu finden, genügend Wasser und etwas zu fressen für ihr Pferd. Sie selber würde sich Kaninchen oder ähnliches schießen.

Mit dem traditionellen „Liebe in deinem Herzen"-Gruß ritten die Tänzerin und der starke Mann weiter.

Die beiden Reisenden fühlten sich unglaublich müde und geschwächt. Keiner von beiden kannte das Volk der Steppe.

Naya war nie zuvor so lange auf einem Pferd gesessen und glaubte jeden Muskel und jede Faser ihrer Beine einzeln wie im Feuer gefangen zu spüren.

Solo kam mit dem Reiten sehr gut zurecht, aber er zweifelte an sich. So lange hatten ihn der Neid und die Wut getrieben, dass er sich mit Vertrauen in seine eigenen Fähigkeiten schwer tat.

Zara fehlte ihnen sehr. Sie durften sich keine Zeit zum Zögern zugestehen und waren sich doch oft unsicher, ob sie noch immer dem rechten Weg folgten. Vor allem in der Nacht, nach nur drei, vier Stunden Pause, fühlten sie sich einsam, jeder für sich.

Unmerklich ritten sie langsamer und immer enger nebeneinander.

Die Hügelketten hatten sie hinter sich gelassen, auch die Furt in der Kurve des großen Flusses hatten sie gut gefunden, aber nun hieß es nur nach Osten, dem Sonnenaufgang entgegen.

Völlig untypisch für die Gegend und die Jahreszeit zogen dunkle schwere Wolken auf.

In der Ferne tobten sich Blitz und Donner aus, ein großer Sturm baute sich auf, die Temperatur fiel innerhalb von Minuten, so dass es bitterkalt wurde.

Die Pferde drückten sich aneinander, Naya und Solo nahmen sich an den Händen. Schon seit Stunden gab es keinen grünen Halm mehr auf dem sandigen Boden zu finden, die Pferde wurden immer langsamer, ihre Hufe schlurften nur noch über dem Boden. Die beiden Reiter stiegen ab und führten ihre erschöpften Tiere zu einer Gruppe vertrockneter Bäume.

Da brach der Sturm über sie herein.

Naya und Solo klammerten sich aneinander, versuchten sich mit ihren Umhängen zu schützen. Den Pferden hatten sie noch eiligst Sättel und Zaum abgenommen und hofften, das die beiden selber einen guten Schutz finden würden.

Blitze erhellten den von schwarzen Wolken verdunkelten Himmel, Donner krachte im Sekundentakt hinterher. Es war als wäre die Hölle selbst auf Erden gekommen. Kein Tropfen Regen fiel, der Sand peitschte um sie herum, der Wind riss alles mit sich.

Tief in den Schutz der alten Bäume verkrochen bangten die beiden um ihr Leben.

Dann brach der Regen los und innerhalb von Sekunden war alles überflutet. Diesem Sturm waren die alten Bäume nicht gewachsen. Sie brachen. Solo warf sich in letzter Sekunde über Naya. Aber einer der Bäume traf ihn im Genick. „Liebe in deinem Herzen" murmelte er der Tänzerin ins Ohr, danach brach er tot über ihr zusammen.

Damit hatte der starke Mann Naya das Leben gerettet. Nur einige Minuten später war alles vorbei.

Nass, bitterkalt, einsam und mit ihrer Kraft am Ende weinte Naya um Solo. Alle Hoffnung war aus ihr gewichen, als hätte der Sturm sie mit sich genommen. Sie brachte nicht die Kraft auf ihn von sich zu schieben. Kurz darauf war sie eingeschlafen.

Keiner der beiden hatten bemerkt, dass die alten Bäume das Zeichen der Quelle gewesen waren.

E in sachtes Rütteln an ihrer Schulter brachte die Tänzerin zurück aus der Traumwelt. Ein fremdes Gesicht lächelte sie scheu an. Jemand hatte Solo von ihr genommen und sorgsam auf die noch nasse Erde gebettet. Naya setzte sich langsam, immer noch benommen und frierend auf. In unmittelbarer Nähe lagen die Reste ihres Bogens, der Sättel und Provianttaschen, viel hatte der Sturm nicht unbeschädigt gelassen.

Ein junges Mädchen reichte der Tänzerin einen Becher mit dampfendem Tee. Naya versuchte zu lächeln, aber es wurde nur ein schiefes Grinsen, sie spürte einen tiefen Schnitt in ihrem Gesicht. Das Mädchen stand anmutig auf und verschwand aus Nayas Blickfeld.

Kurz darauf kam es mit einem alten Mann zurück. Dem Alten war nicht anzusehen, wie viele Jahre er schon war. Sein Gang war langsam, aber aufrecht. Sein Gesicht vom Wetter gegerbt, ein goldenes dunkelbraun mit lustig blitzenden kleinen hellblauen Augen, die so gar nicht zu diesem Mann zu passen schienen. Die Kleidung in den Farben verblasst, aber in tadellosem Zustand.

Naya wollte aufstehen, wie es dem Begrüßungsritus entsprach, allerdings gaben ihre Beine sofort wieder nach und Schwärze erfüllte ihren Blick. Das junge Mädchen hatte sie schnell und sicher gefangen und sie sacht aber bestimmt wieder hingesetzt.

Der Blick des Alten ruhte erstaunt und doch ausgesprochen freundlich auf der Tänzerin. Sie wollte die Worte der Begrüßung sprechen, aber es kam nur ein Krächzen aus ihrem Hals und der Gedanke, dass vor gar nicht vielen Stunden Solo ihr diese Worte zum Abschied zugeflüstert hatte, ließ Tränen in ihr Augen steigen. Sie spürte dass sie in einem erbärmlichen Zustand war und mit diesem Gefühl brach der letzte Rest ihrer Selbstbeherrschung zusammen und sie krümmte sich schluchzend.

Als Naya die letzte Träne vergossen hatte und ihr Körper nicht mehr vom Schluchzen geschüttelt wurde, spürte sie eine Hand, warm und ruhig, auf ihrer Schulter liegen. Ein heilsamer Schauer durchlief sie und Naya konnte spüren wie ihre Lebensenergie in ihr Zentrum zurückkehrte. Immer noch müde, erschöpft und traurig, aber ohne die Verzweiflung im Herzen hob sie langsam den Blick und sah direkt in die wunderschönen Augen des Alten. Sie glaubte diese Augen schon einmal gesehen zu haben, kam allerdings nicht darauf wo.

„Liebe in deinem Herzen", sprach der Alte und lächelte. „Ich bin Zoro, der Heiler dieser Gegend, der Älteste des Stammes der Steppenreiter. Du bist Naya, die Tänzerin, die Hüterin der Geheimnisse, des Inselvolkes, auch wenn du es noch nicht weißt. Du bist ein Teil von

Zwei. Meine Halbschwester Zara ist dein zweiter Teil." Er machte eine Pause.

Naya merkte dass sie ihn anstarrte, ihr Mund stand offen, verlegen senkte sie ihren Blick. Als Zoro weitersprach hörte man ein Lächeln in seiner Stimme.

„Zara erzählt die Geschichten, sie trägt uraltes Wissen in sich. Du tanzt die Zukunft, du trägst eine sehende Seele in dir. Zusammen seid ihr eine unschlagbare Kombination. Ich habe eure Vision gesehen, leider konnten wir nicht schnell genug hier sein um den Tod deines Gefährten zu verhindern. Entschuldige!"

Bei seinen letzten Worten war das Lächeln verschwunden und Naya spürte ein uralten Wissen welches diesen Mann wie ein Mantel umgab.

„Ich habe Reiter ausgeschickt um Zara versorgen zu lassen, außerdem steht ein Trupp Reiter, frische Pferde und meine besten Schüler bereit, um mit euch eure Insel und unser Festland zu beschützen. Du bekommst nun Essen, frische Kleidung und Zeit für dich. Danach werde ich dir einige Fragen beantworten, bevor du wieder aufbrichst."

Naya nickte, noch immer unfähig zu sprechen. Zoro erwiderte ihre Geste und ging langsam davon.

Das junge Mädchen war, während der Weise sprach, verschwunden. Nun kam es mit ein paar anderen Mädchen wieder. Sie brachten eine herrlich duftende Suppe, Brot, Obst und frisches Quellwasser, genug um sich damit auch zu waschen. Zudem legten sie Kleidung nieder, anmutig geschnittene Beinkleider, wunderschöne Tunikas, dazu Lederstiefel die so unglaublich weich waren, als wären sie aus Seide. Die Mädchen strahlten als sie den ungläubigen Blick Nayas sahen.

„Zoro wusste, dass ihr auf dem Weg seid, wir haben alles für euch hergerichtet. Es sind Geschenke des Herzens, denn ohne eure sehenden Geschichten und Tänze wäre auch unser Volk verloren."

Das Mädchen welches gesprochen hatte senkte den Blick. „Wir würden gerne eine Zeremonie für deinen Gefährten machen, du wirst nicht mehr hier sein, wenn es soweit ist, hast du Wünsche für ihn?"

Langsam und leise antwortet Naya: „Sein Name war Solo. Er konnte die kleine Trommel schlagen wie kaum ein anderer, er war stark, er war mutig. Er hatte ein Herz aus Gold, aber das hatte er erst vor kurzem wieder gefunden. Es ist nicht fair dass er nun gehen musste. Ich denke er wünschte sich ein Fest. Ein Fest der Trommeln, voller Kraft und Leidenschaft unbändig laut und leise. Ja, das wäre ihm gerecht. Feuer, ein großes Feuer."

Der Tänzerin versagte die Stimme. Die Mädchen nickten, Naya war sich sicher sie würden alles wunderbar bereiten und sie wusste sie würde die Trommeln in ihrem Herzen spüren können. Dieser Gedanke spendete ihr großen Trost.

Naya aß, wusch sich und kleidete sich an. Die Kleider für Zara packte sie sorgfältig in die Satteltaschen, welche eine Frau aus dem Lager geflickt hatte während die Tänzerin aß. Ihr Bogen war nicht mehr zu retten gewesen. Sie machte sich bereit um zurückzureiten. In ihrem Kopf türmten sich Fragen.

Als Zoro dann vor ihr stand, konnte Naya kaum einen klaren Gedanken fassen. Endlich fragte sie:

„Zara ist deine Halbschwester, du kannst sie spüren und sie sehen, du weißt was wir noch nicht wissen, du kannst uns helfen?"

Zoro lächelte. „Das sind gleich eine Menge Fragen auf einmal. Ja, ich kann sie spüren, sie ist in Sicherheit und auch ihr geliebtes Pferd. Ihr werdet rechtzeitig zurück sein und ihr werdet es schaffen, denn wir alle und alle anderen Mächtigen werden euch unterstützen. Ihr werdet unser Sprachrohr sein, wenn eure Kräfte euch verlassen. Trage ein Lächeln in deinem Herzen in der dunkelsten Stunde und lasse ein Feuer der Leidenschaft deine Seele wärmen, dann wird euch nichts passieren! Teile dies meiner Halbschwester mit, denn es kann entscheidend werden und nun reite. Reite schneller als der Wind, die Zeit drängt!"

Der Trupp Reiter stand mit einem mal neben ihnen. Naya schwang sich in dem ihr angebotenen Sattel. Leise, noch immer mit Schmerz in ihrer Stimme sagte sie: „Liebe in deinem Herzen."

Der weise Alte der Steppenreiter erwiderte ihren Gruß, lächelte sie an und sprach: „Reite! Lächeln und Feuer, reite!"

Obwohl immer noch geschwächt, müde und von der Trauer um Solo gefangen konnte Naya das Tempo der Reiter mühelos mithalten. Sie hatten genügend Pferde bei sich, so dass sie die Reittiere durchwechseln konnten. Sie kamen schnell voran. Die Steppenreiter wussten jede Abkürzung, jede unsichere Stelle im Boden und ihre Pferde schienen die Gedanken ihrer Reiter spüren zu können. So schnell setzten sie die Anweisungen um. Und das, obwohl sie nur einen losen Strick um den Hals trugen. Erst war sich Naya unsicher gewesen, aber es blieb ihr keine Zeit bei dem Tempo darüber nachzudenken. Und so schenkte sie ihren Begleitern und den Pferden ihr volles Vertrauen.

Nach nur eineinhalb Tagen trafen sie auf Zara und die Reiter die Zoro ihr geschickt hatte.

Die beiden Frauen lagen sich minutenlang in den Armen, lächelten sich an, umarmten sich wieder und wieder, drückten sich und waren unendlich glücklich sich zu sehen.

Zara sprach als erste: „Dein Schmerz um Solo ist groß, ich kann ihn spüren. Es tut mir so leid."

Naya nickte und drückte sich noch ein bisschen fester in die Arme ihrer besten Freundin.

„Ich habe eine Botschaft von deinem Halbbruder für dich. Aber erst musst du mir sagen warum du ihn mir verschwiegen hast." antwortet Naya. Die Geschichtenerzählerin lächelte verschmilzt und sagte: „Ich kenne ihn kaum, er ist für mich viel mehr als ein Halbbruder, er ist ein Meister, ein Wissender. Er war mein Lehrer. Wie lautet die Botschaft?"

„Ihr werdet rechtzeitig zurück sein und ihr werdet es schaffen, denn wir alle und alle anderen Mächtigen werden euch unterstützen. Ihr werdet unser Sprachrohr sein, wenn eure Kräfte euch verlassen. Trage ein Lächeln in deinem Herzen in der dunkelsten Stunde und lasse ein Feuer der Leidenschaft deine Seele wärmen, dann wird euch nichts passieren!"

wiederholte Naya die Worte des Heilers der Steppenleute.

„Das ist eine beunruhigende und doch irgendwie auch zuversichtliche Nachricht. Es wird schwer werden und wir werden an unser Limit kommen, er verspricht uns Hilfe, nur woher?" fragte Zara zögernd.

Ihre Begleiter ließen ihnen nicht die Zeit diese und andere Fragen zu beantworten, sie drängten zum weiterreiten.

Zara schwang sich auf ihr rotes Pferd, Naya hatte gerade einen kleinen Schimmel. Die beiden Freundinnen ritten so nah wie möglich nebeneinander, aber der Ritt war zu schnell, um reden zu können. In den kurzen Pausen schliefen die beiden Frauen nach einem kleinen Mahl jedesmal augenblicklich ein, so dass sie auch dann sich nicht beraten konnten. Aber die Strapazen lohnten sich.In dreieinhalb Tagen erreichten sie das Meer, früher als geplant und doch war ihr Boot schon da.

Zoro hatte einen gefiederten Boten geschickt um das Ankommen der Reiter mitzuteilen, daher wurden sie schon erwartet.

Der Himmel war dunkel, es baute sich ein Sturm auf, aber auch hier drängten alle auf eine schnelle Weiterreise und so stach das Boot augenblicklich in See. Die Überfahrt wurde halsbrecherisch. Zara und Naya verkrochen sich im Innersten des Schiffes, die Reiter beruhigten die Pferde und die Schüler von Zoro halfen der Mannschaft wo sie nur konnten.

Endlich hatten die Freundinnen Zeit zu reden und zu trauern.

Zara erzählte von den einsamen Tagen im Wald, der Hoffnungslosigkeit und den Selbstvorwürfen. Am zweiten Tag waren die Reiter gekommen und mit ihnen kam ihre Zuversicht wieder. Die Reiter hatten Medizin und Proviant dabei, so heilten die Wunden an Zaras rotem Pferd schnell. Sie spürte eine Geschichte in sich entstehen und spielte die Nächte mit ihren Feuerkugeln. Sie wusste, sie musste sich erholen und vorbereiten. Ihr war Zoro im Traum erschienen, aber erst seit sie seine Botschaft gehört hatte, gaben die Worte und Bilder des Traumes Sinn.

Naya erzählte ihre und Solos Geschichte und die beiden trauerten um ihren Gefährten. Leise sangen sie ein Lied über die Liebe, den

Mut, das Leben und den Übergang. Es war ein altes Lied welches traditionell in ihrer Heimat zum Abschied von den Frauen gesungen wurde. Und als wüsste das Meer den Sinn des Liedes gaben die Wellen einige Zeit Ruhe und der Wind flaute etwas ab.

Sie versuchten Pläne zu schmieden, aber sie waren keine Kriegsherren, so mussten sie darauf vertrauen, dass sie im Moment der Wahrheit wussten was zu tun sei.

Am dritten Tag konnten sie die Nebel und Felsen ihres Inselreiches am Horizont erkennen. Nur bei dem immer noch tobenden Sturm war ein sicheres Durchkommen unmöglich. Die Freundinnen waren an Deck gekommen, als sie die Rufe aus dem Krähennest hörten.

Nun zeigten die Schüler Zoros ihr eigentliches Können. Sie stimmten einen Gesang an, der klang als käme er aus den tiefsten Tiefen des Ozeanes. Der Rhythmus war gleichmäßig und kräftig. Als könnte das Meer diese Gesänge verstehen, passten sich die Wellen dem Takt an, der Sturm flaute ab. Die Mannschaft reagiert prompt und steuert das Schiff so schnell als möglich durch die gefährlichen Felsen und Strömungen der Insel. Ein Gefühl großen Friedens war mit dem Gesang der Schüler einhergegangen. Da wussten die Frauen, dass waren nicht irgendwelche Schüler, nein das waren Meister des Meisters. Diese Erkenntnis ließ ihre Zuversicht wachsen.

A uf der Insel wurden die Reisenden mit großer Freude und Bestürzung begrüßt. Von allen Seiten kamen die Inselbewohner in den Hafen gedrängt und umringten die Ankömmlinge. Der Tod Solos machte alle betroffen, hatte er sich doch erst vor kurzem wiedergefunden.

Die Pferde wurden mit den besten Karotten und goldgelbem Hafer verwöhnt, die Reisenden bekamen Wein, Brot und frischen Käse gereicht. Naya und Zara stellten ihre Begleiter vor.

Die Reiter, die sie geführt hatten und die die Pferde versorgten und die Meisterschüler von Zoro, dem großen Wissenden und Heiler des Steppenvolkes. Insgesamt zehn Mann, so dass auch sie die heilige Zahl zwölf auf ihrer Reise erreicht hatten.

Die neun Weisen beriefen für den Abend eine Versammlung ein, bis dahin hatten die Reisenden Zeit sich einzurichten und zu erholen, denn auch die Reiter sollten als Kämpfer den Inselbewohnern zur Seite stehen.

Naya und Zara zogen sich zu ihren Zelten zurück die noch immer nahe am kleinen Wäldchen standen. Die Frauen der Insel hatten frische Wasserkrüge, Obst, Brot, Trockenfleisch und Wein bereitgestellt. Am Abend würde es am Feuer einen gebraten Ochsen geben.

Sie waren müde und sprachen nicht viel. Beide waren in ihre Gedanken versunken.

Der Abend kam schnell, das Feuer brannte hoch als sich alle Inselbewohner am Festplatz zusammenfanden. Der Ochse über dem Feuer verströmte einen wunderbaren Geruch. Es lag eine friedliche Stimmung über dem Platz. Die großen Wein- und Saftkrüge wanderten zwischen den Menschen umher, Pfeifen wurden angezündet, Schalen mit frischen Beeren und kleinem Gebäck wurden weitergereicht. Am Rand des Platzes standen Räucherschalen, ihr Duft mischte sich mit dem des Ochsen und dem frisch gebackenem Brot. Fast konnte man meinen es wäre ein Freudenfest. Nur der besorgte Ausdruck auf den Gesichtern der Menschen ließ erahnen, dass dem nicht so war.

Die neun Weisen hatten den Reitern und den Meisterschülern Ehrenplätze zu ihren Seite zugewiesen. Die Tänzerin und die Märchenerzählerin saßen am Boden vor dem Ältestenrat. Langsam kehrte Ruhe ein, das Volk hatte sich in einem großen Kreis auf dem Boden niedergelassen. Leise schlugen einige Musiker die Trommeln. Als der Älteste sich erhob erstarben auch diese.

„Wir wollen Solo die Ehre erweisen, uns bei dem Volk der Steppenreiter sowie bei Naya und Zara bedanken und dann wollen wir beratschlagen." sprach er.

Die Trommeln, dunkel, dumpf und traurig erklangen wieder, die Frauen stimmten das Klagelied an. Die folgenden Minuten wurden zum Lebenslauf von Solo, jeder gedachte auf seine Art dem einsamen, starken Mann.

Als die Trommeln verklangen, war es als weilte Solo unter ihnen, kurz streifte seine Seele die Menschen die ihm immer zur Seite gestanden hatten, dann war er endgültig ins

Reich der Toten gegangen. Der Älteste nahm ein Holzschwert und übergab es dem Feuer, es sollte Solo auf seiner Reise beschützen.

Danach erzählten Naya und Zara abwechselnd und sich ergänzend von der Reise. Die Menschen lauschten ergriffen. Nach den Freundinnen sprachen ein Reiter und ein Meisterschüler kurz über ihre Aufgaben, die ihnen Zoro zugeteilt hat.

Wieder erklangen die Trommeln. Sie begleiteten die Gedanken und Gefühle der Menschen um sich zu sammeln und zu verstehen. Der Rat der Weisen erhob sich und es kehrte wieder Stille ein.

Nun folgte eine lange Debatte über die Verteidigung der Insel, Ideen wurden erörtert und verworfen, Überlegungen angestellt wie man den Nebel und die Felsen nutzen könne. Notizen wurden gemacht welche weiteren Waffen zu bauen seien. Einer der Reiter hatte die Idee von Katapulten um Feuerkugeln auf die Schiffe zu schießen. Ein Weiterer drängte die Landungsplätze unzugänglich zu machen, so dass nur noch der Hafen übrig bliebe. Die Meisterschüler wollten die Männer der Insel in Kampfkunst und jeden nach seinen Fähigkeiten schulen. Auch die Frauen bekamen Aufgaben zugeteilt. Es würden Bögen und Pfeile in großer Anzahl benötigt werden, dies war schon immer Arbeit der Frauen auf der Insel. Vor allem Brandpfeile wollten die Krieger einsetzen um die Angreifer schon auf ihren Booten abzuwehren. In den Schluchten sollten Fallen entstehen, Felsbrocken mussten bereit gemacht werden um Steinlawinen auslösen zu können. Viele Ideen entstanden im Austausch mit den kampferprobten Steppenreitern, die Inselbewohner waren so arglos gewesen. Es würde Arbeit vom Sonnenaufgang bis Sonnenuntergang geben.

Stille senkte sich über den Platz, es war ein Plan entstanden, die Inselbewohner spürten Hoffnung in ihren Herzen. Viel Zeit würde sicher nicht bleiben, aber sie konnten es schaffen.

Wieder erhob sich der Älteste bedankte sich bei allen und bat die Köche und Köchinnen den Ochsen und die Speisen auszuteilen. Die Trommler und die Musikanten spielten einige Lieder, die Stimmung lockerte sich. Nach dem Mahl erhob sich ein Harfenspieler und spielte einige wunderbare Weisen. Naya erhob sich und tanzte dazu. Ein wunderbares Bild entstand. Sie forderte die Bewohner der Insel auf mitzutanzen, denn nun kam eine gemeinsame Zeit auf alle zu. Ein Kreistanz feierlich, mächtig und voller Harmonie ließ den Boden erbeben. Es wurde gestampft und geklatscht, die Trommeln setzten mit ein und gaben dem Rhythmus Kraft. Die Harfe umfing die Tänzer wie ein Seidentuch.

Zara saß am Feuer und lächelte. Die Lieder verklangen, eine einzelne leise Trommel wurde noch geschlagen, die Menschen setzten sich und umringten dabei Zara.

Leise begann sie zu erzählen:

„In einem fernen Land, in einer anderen Zeit saß eine kleine Schwalbe am Boden unter dem Nest ihrer Eltern und zitterte vor Kälte, Einsamkeit, Angst und Schmerz. Dies sollte der glücklichste Tag der kleinen Schwalbe werden, sie sollte endlich fliegen, aber sie war zu Boden gestürzt, irgendetwas stimmte mit ihren Flügeln nicht, sie konnte nicht fliegen. Ihre Eltern hatten sich zurückgezogen, sie konnten diese Schande, diese Schmach nicht ertragen. So saß sie da und erwartete nur noch ihren Tod. Doch stattdessen ließ sich neben ihr ein Adler nieder. Grass, gewaltig und stark, ein Prachtkerl. Er hätte die kleine Schwalbe mit einem Biss töten können, aber er selbst wusste was Einsamkeit und Schmerz war, darum nahm er sie mit sachtem Schnabel und setzte sie auf seinen Rücken. -Nun lernst du fliegen- sagte er. Die Schwalbe, zu erstaunt etwas zu erwidern, klammerte sich an den Federn des Adlers fest und rieb zärtlich ihren Schnabel an seinem Hals. Und dann lernte sie fliegen, auf dem Rücken eines Adlers. Heiße Tränen des Glücks flossen aus ihren Augen. Sie war mit Sicherheit die glücklichste Schwalbe der ganzen Welt. Und keiner der beiden war jemals wieder einsam, denn sie lebten eine Liebe der Hoffnung."

Stille erfüllte den Platz. Manches Tuch wurde hervorgeholt, um die eine oder andere Träne zu trocknen. Hoffnung, Liebe und dass das Unmögliche möglich wird, hatte Zara ihnen erzählt.

Auf einen Wink des Ältesten setzten die Trommeln wieder ein. Der Ochse war verspeist, die Gläser wurden geleert, die Bewohner räumten gemeinsam den Platz, die Glut verlosch. Ein friedliches Gefühl lag in der Luft als alle nach Hause gingen.

Naya und Zara nahmen sich an der Hand und wanderten zum Meer hinunter. Der Mond war gerade aufgegangen und glitzerte in den Wellen, der Sturm hatte im Kreis der Felsen nicht die Kraft und so spielten die Wellen sanft am Ufer.

Zara sprach: „Ich kann es spüren manchmal, einen Hauch, einen Schmetterlingsflügelschlag und dann bricht es auf und ich denke ich fliege mit dem Adler...und ich weiß zwischen dem Auf und dem Ab, dem Aufsteigen und dem Sturzflug gibt es etwas...dieses Etwas, das bin ich!"

Naya lächelte ihre Freundin an. „Wenn ich tanze, kann ich es auch spüren, mich begleitet ein Kranich, in meinem Tanz, in meinen Träumen, wenn ich trauere oder glücklich bin. Wir sind nicht allein. Niemals!"

Lange standen die beiden noch am Ufer, die Füße vom Meer umspült, sahen sie dem Verlauf des Mondes und der Sterne nach.

Die Tage vergingen, die Pläne wurden umgewandelt, mit einer Freude und Leichtigkeit ging dem Inselvolk mit Hilfe des Steppenvolkes die

Arbeit von der Hand. Die Frauen sangen bei der Herstellung der Bögen und Pfeile. Die Männer ernannten immer einen der die Trommel schlug, beim Bau der Gräben und Wälle, der Fallgruben, dem Herrichten der Steinlawinen an den steilen Küstenabschnitten und dem Bau der Katapulte.

An den Abenden wurde Geschichten erzählt, Erfahrungen ausgetauscht, den Barden gelauscht.

Die Meisterschüler unterrichteten das Inselvolk in der Kunst des Sehens und Spürens, sowie der Heilkunst. Manch einer wurde extra ausgewählt und intensiver geschult.

Die Meisterschüler waren Meister in ihrem Fach und dennoch weigerten sie sich den Titel Schüler abzulegen. In ihren Augen waren sie noch weit von wahrem Wissen entfernt. Weise, niemals ungeduldig oder herablassend standen sie den Fragen ihrer Schüler gegenüber. Nicht einmal ein Tadel oder eine Zurechtweisung nach einem groben Fehler in den Übungen empfanden ihre Schüler ungerecht.

Wäre nicht ein Krieg erwartet worden, man hätte glauben können alles geschähe nur zur

Ausbildung und Stärkung der Seelen und Körper des Inselvolkes.

Zara und Naya halfen wo sie konnten, besorgten was immer gesucht wurde, solange es vorhanden war, sie waren die Boten und Helfer aller.

A m Abend der 21. Nacht nachdem das Schiff mit Naya und Zara gelandet war, baten die Meisterschüler um eine Versammlung.

Die Nordmänner sind auf dem Weg verkündeten die Schüler des Zoro. Die Zeit des Friedens und der Vorbereitung wären nun vorbei. Das Inselvolk wollte dies nicht recht glauben, aber Zara und Naya spürten in ihrem Innersten das dies der Wahrheit entsprach und so baten auch die Beiden den Rat der Neun um eine Versammlung. „Es ist Zeit für einen Feuertanz." sagten sie den Ältesten. Und so versammelte sich das Inselvolk mit seinen Besuchern der Steppe noch am gleichen Abend.

Naya und Zara wussten es diesmal vorher, dass dies kein einfacher, normaler Feuertanz werden würde, so kleideten sie sich kriegsgerecht und auch ihre Bemalung machte dies deutlich.

Die Bewohner der Insel staunten, als zwei Kriegerinnen den Versammlungsplatz betraten. Naya und Zara hatten die Feuerkugeln so präpariert, dass diese deutlich länger brennen würden.

Es wurde eine spektakulärer Tanz! Friedlich und freundlich kreisten die Kugeln zu Beginn um die beiden Freundinnen, aber sogleich wurde es schneller und aggressiver, ein Kampf entstand, wütend zischte das Feuer, die zwei Spielerinnen umkreisten sich, sprangen ineinander, gingen zu Boden, jagten hintereinander her und doch verletzten sie sich niemals. Die Farbe des Feuer wechselte je nachdem wer für Angriff oder Verteidigung spielte. Gelb, orange und blutrot zeigte sich das Feuer. Die Kugeln hatten ihre Magie entwickelt und mehr denn je war das Omen zu erkennen, welches das Feuer dem Inselvolk sandte. Aber der Schluss war kein einseitiger Sieg, nein der Schluss brachte Trauer und Verlust auf beiden Seiten und zum Erstaunen aller Liebe.

Erschöpft blieben die Tänzerin und die Erzählerin am Boden, einander umarmend, als die Feuerkugeln endlich erloschen.

Lange blieb es still auf dem Festplatz. Dann begann der Sprecher der Meisterschüler mit seiner Rede. Er schwor das Inselvolk auf den bevorstehenden Kampf ein, erinnerte alle noch einmal daran, dass es an ihnen lag, auch das Festland zu beschützen, auch wenn von dort mit wenig Hilfe zu rechnen war. Er machte ihnen Mut und brachte Hoffnung und Zuversicht in die Herzen aller.

Danach war es Zeit sich zu trennen. Einige Frauen waren ausgewählt worden mit den Kindern und den Ältesten in den Höhlen und Tunneln im Inneren der Insel Zuflucht zu suchen. Die Lager waren schon hergerichtet. Alle anderen kannten ihre Posten, wussten die Lagerplätze der Waffen und Nahrung, erinnerten sich noch einmal an die geheimen Signale mit denen man sich verständigen wollte.

Nur drei Wochen waren vergangen, aber das Volk der Insel war gut vorbereitet. Jeder hatte eine Aufgabe, selbst die Heranwachsenden und war es nur das Hüten der Tiere. Jeder war wichtig, jeder ein Teil des Ganzen.

Naya bereitete mit einigen anderen Frauen kraftspendende Tränke und Essen vor, außerdem wurden heilende Suds und Umschläge gerichtet. Zara war mit ihrem roten Pferd Bote und würde auch in die Kämpfe eingreifen, wenn es sein sollte. Außerdem sollte sie Verletzte zum Basislager nahe dem höchsten Punkt der Insel bringen.

Alles war bereit und auf die Nordmänner musste nicht lange gewartet werden.

Keiner auf der Insel hatte sie zuvor gesehen und so waren alle erstaunt, zuerst nur ein flaches Boot mit einigen Kriegern zu entdecken. Berichteten die Geschichten doch von großen, starken, wilden Kriegern, die grausam und einschüchternd sein sollten. In dem kleinen flachen Boot welches als erstes durch die Barrieren der Felsen um die Insel kam, war davon nichts zu sehen. Es sah aus als schickten die Nordmänner ein paar Greise, tatterige alte Männer. So dass niemand auf die Idee kam die Brandpfeile einzusetzen. Nur leider irrten sich die Inselbewohner und hätten sie nicht den Warnpfiff der Meisterschüler vernommen, wären sie allesamt durch ihre Gutgläubigkeit ins Verderben gerannt. Aber so blieben sie gut versteckt auf ihren Posten.

Auf dieser Insel waren es die Nordmänner die in ihre eigene Falle tappten.

Die vermeintlichen Greise waren eine starke Vorhut, dafür ausgebildet auszuspionieren und die Lage einzuschätzen. Nur waren sie noch nie reingelegt worden, indem sich die Insel als unbewohnt, verlassen oder aufgegeben gab. So gaben die Männer der Vorhut nach einigen Stunden ihren wartenden Kameraden das Signal unbewaffnet die Insel betreten zu können.

Ein großer Fehler der Nordmänner.

Die Meisterschüler änderten blitzschnell den ursprünglichen Plan.

Das Inselvolk hielt sich solange versteckt bis in der Nähe der Boote kaum jemand war, dann überraschten sie die Wächter der Boote, töteten diese schnell und lautlos und zerstörten die meisten Schiffe, die Restlichen wurden versteckt.

Es dauerte nicht lange und die Nordmänner entdeckten was mit ihren Booten geschehen war. Verwirrung und Angst machte sich breit. Waren sie doch bis auf einige Männer unbewaffnet gekommen. Allerdings ließ diese neue

Erfahrung die Männer des Nordens nur um so grausamer werden. Sie brachen sich die dicksten Äste von den Bäumen und zogen in einer Linie knüppelschlagend durch die Insel. Jedes Tier wurde erbarmungslos erschlagen und die Inselbewohner mussten sich schnell dem Kampf stellen, sollte die Insel nicht in einem schrecklichen Blutbad versinken.

Es wurde ein grausamer, blutiger und erbarmungsloser Kampf. Die Nordmänner wütend wie selten zuvor, versuchten jedem den Tod zu bringen. Die Inselbewohner wollten eigentlich Leben schützen, auch das ihrer Gegner. Nur mussten sie erst dafür Sorge tragen, nicht selber alle kaltblütig erschlagen zu werden.

Die Meisterschüler fassten schnell einen Plan und ließen die Gegner auf eine große Lichtung locken. So unbeherrscht wie die Angreifer waren tappten sie erneut in die Falle und fanden sich umzingelt auf der Lichtung wieder. Die vorderste Front bildeten die Bogenschützen. Waren sie ursprünglich gedacht gewesen die Feinde auf ihren Booten anzugreifen, so umzingelten sie nun mit ihren Brandpfeilen die Nordmänner. Zwischen den Schützen standen die Meisterschüler der

Steppenreiter, jeder einen Zauberspruch auf den Lippen, alle bereit die Feinde des Nordens innerhalb Minuten auszulöschen. Ihre Gegner hatten keine Chance mehr.

Eisige Stille legte sich über den Wald und die Lichtung. Nicht ein Vogelgezwitscher, nur das Knistern der Brandpfeile war zu hören.

Der Älteste der Insel schritt durch die Reihen seiner Krieger auf die Nordmänner zu und wollte ihnen die Wahl anbieten zu gehen und die Insel wie das Festland nie wieder heimzusuchen oder hier und jetzt den Tod zu finden. Aber er kam nicht dazu. Er hatte die Reihe der Bogenschützen gerade hinter sich gelassen, als ein Knüppel ihn traf und er zu Boden ging.

Innerhalb von Sekunden entbrannte der Kampf erneut. Schrecklicher und grausamer als zuvor, denn nun verteidigten sich die Inselbewohner mit Feuer und viele Nordmänner brannten. Trotzdem griffen sie mit einer Stärke an, die die Reihen der Inselbewohner, trotz der Schutzzauber der Meister, ins Wanken brachte. Auf beiden Seite starben Krieger.

Die Lichtung erbebte unter Kampfgeschrei und Schmerzensschreien der Sterbenden. Es gab keine Chance Verletzte zu bergen, da der Kampfplatz zu klein war, außerdem gab es keine Gnade mehr.

Es gab nur noch den Tod oder den Sieg.

Die Brandpfeile waren verschossen und noch immer lebten und kämpften ein gutes Dutzend der Nordmänner.

Da preschte Zara auf ihrem rotem Pferd auf die Lichtung, Naya saß rücklings hinter Zara und beide schwangen ihre Feuerkugeln. In einem rasenden Galopp umkreisten sie die Krieger, ließen ihre Männer aus dem Kreis und trieben die restlichen Nordmänner zusammen. Wer immer versuchte zu entkommen wurde von den Feuerkugeln niedergestreckt und brannte. Innerhalb von Minuten blieben nur noch sechs Nordmänner übrig.

Und endlich siegte die Vernunft, sie legten ihre Waffen und Knüppel nieder, gingen auf die Knie und beugten ihr Haupt.

Wieder legte sich Stille über die Lichtung, niemand war nach Jubel über den Sieg zumute, war die Erde doch getränkt vom Blut ihrer Freunde und Feinde. Das einst so schöne Waldstück bot einen erschreckenden Anblick. Tote lagen überall, der grausame Gestank verbrannter Haut waberte wie Nebel auf der Lichtung.

Das rote Pferd stand hochaufgerichtet vor den besiegten Nordmännern. Zara und Naya glitten zu Boden, jede von Ihnen nun einen langen Speer in der Hand welcher am spitzen Ende die Feuerkugeln trugen.

Das Feuer hatte die Schlacht entschieden, es sollte für immer ein Zeichen der Freiheit auf dieser Insel werden und nie wieder verlöschen. Es war gekommen wie es der Weise der Steppenreiter vorausgesagt hatte: Das Feuer würde sie retten.

Der Älteste und weitere fünf der weisen Neun der Insel waren unter den Opfern zu beklagen und so übernahmen die beiden Frauen für kurze Zeit die Führung über die Insel.

Sie ließen die besiegten Nordmänner in Ketten legen und befahlen ihnen eine Nachricht zu verfassen, welche die verbleibenden Männer draußen auf den Schiffen über den Ausgang der Schlacht in Kenntnis zu setzen hatte, und diese aufforderte die Schiffe zu verlassen und sich ohne Waffen auf den Weg zur Insel zu machen. Sollten diese nicht in der nächsten Stunde kommen, würden auch die verbliebenen sechs Krieger hingerichtet werden.

Unter den Gefangenen befand sich der Häuptlingssohn der Nordmänner. Ein ansehnlicher, junger, starker Mann, er trug den Namen „Gran", was so viel wie „Sorge" bedeutete. Er blickte als Einziger auf, wenn sie angesprochen wurden und sah ohne Scheu den Frauen in die Augen. Sein Blick war traurig und reuevoll, als hätte er diesen Überfall nie gewünscht.

Die verbliebenen Männer auf den Booten kamen innerhalb der geforderten Zeit, ohne Waffen zur Insel und ergaben sich. Ihr Häuptling war gefallen und das Leben seines Sohnes galt es zu schützen. Auch diese Männer wurden in Ketten gelegt.

In der Zwischenzeit hatten die Männer der Insel die schreckliche Aufgabe die Toten für den rituellen Abschied herzurichten. So wie es auf der Insel Brauch war, sollten die Verstorbenen verbrannt werden. Es würde das größte Feuer geben, welches die Insel je gesehen hatte.

Auch den Opfern der Feinde wurde die letzte Ehre erwiesen und die Gefangenen hatten das Recht Abschied zu nehmen und zu bestimmen was mit ihren verlorenen Brüdern und Vätern zu geschehen hatte. Die Toten der Nordmänner sollten ihrem Ritus nach auf Flössen ins offene Meer geschickt werden. Die Gefangenen durften unter Aufsicht einiger Steppenreiter die Flösse bauen und sich gebührend verabschieden.

Was mit den Gefangen geschehen sollte, wollten und konnten die beiden Freundinnen nicht alleine entscheiden. So wurde für den Abend nach dem Totenfeuer eine Versammlung einberufen, um all die Fragen zu beantworten und die Insel in die Zukunft zu geleiten.

Ruhe kehrte auf der Insel ein. Leise gingen die Vorbereitungen für das Totenfeuer vor sich. Die Gesichter vieler Inselbewohner waren von Tränen überströmt, musste doch von so vielen Vätern, Söhnen, Geliebten und Brüdern Abschied genommen werden. Die Frauen bereiteten in Gedanken die Lieder der Trauer vor. Die Kinder spürten das Leid in den Herzen und halfen wo immer sie konnten, spielten mit ihren kleineren Geschwistern oder bereiteten kleine Mahlzeiten vor.

Naya und Zara kehrten in ihre Zelte zurück, zu müde um zu sprechen, erledigte jede ihre Aufgaben.

Der Abend der Totenfeuer und Klagelieder kam und ging.

Am nächsten Abend traf sich das Inselvolk wieder auf dem Festplatz, es brannte ein Feuer, aber es gab diesmal keinen Festschmaus. Käse, Schinken und Brot, dazu Quellwasser und Wein war vorhanden. Es mussten die neuen Mitglieder des Rates der neun Weisen bestimmt werden und sollten sich alle einig sein auch gleich ein neuer Führer. Zudem musste entschieden werden was mit den Gefangenen zu geschehen hätte. Außerdem stand das Inselvolk in der Schuld der Steppenreiter und wollte diese begleichen.

Die Märchenerzählerin und die Tänzerin hatten lange überlegt wie all diese Themen an einem Abend zu schaffen seien. Nun war die Zeit gekommen und sie vertrauten darauf, dass alles geschehen würde wie es richtig war. Und so kam es auch.

Die Steppenreiter baten als erstes darum sprechen zu dürfen und so erklärte ihr Ältester, dass von ihren zehn Gefährten zwei bei den Opfern gewesen waren. Er, der Älteste wollte hier bleiben mit vier weiteren Freunden und die drei Verbleibenden wollten keinen Dank und keine Geschenke annehmen. Ihnen war die Rettung der Insel sowie des Festlandes Dank genug.

Danach bat Gran darum zu sprechen. Es hatte die Inselbewohner verwundert, dass die zwei Freundinnen auch die Gefangen auf den Festplatz bringen ließen, nun zeigte sich Unmut darüber dass einer dieser "Barbaren" sprechen wollte.

Zara erhob sich und erklärte: „Wir alle verabscheuen die Taten und Überfälle der Nordmänner. Wir sind ein Volk des Friedens, schon immer wurde hier lange debattiert, gestritten und zu einer gemeinsamen Lösung beraten. Wir werden dies nicht ändern nur weil „Barbaren" mit in unserem Kreis sind. Wir werden unseren Idealen treu bleiben."

Damit ließ sie sich wieder nieder und erteilte Gran das Wort.

Gran hatte vorgehabt sich und sein Volk zu erklären, aber nun brachte er nur ein einziges Wort heraus: „Entschuldigt…".

Wieder einmal legte sich Stille über die Insel, so oft war dies in den letzten Tage geschehen. Unheilvolle Stille vor dem Kampf, angstvolle Stille vor der Entscheidungsschlacht, Stille nachdem viele ihrer Gefährten den Tod gefunden hatten, Stille der Trauer und nun Stille des Erstaunens.

Ein einziges Wort hatte mehr gesagt, als viele es je vermocht hätten.

Plötzlich fing ein kleines Mädchen an zu singen. Ein Kinderlied über Freunde, wahre Liebe und Vergebung. Ein uraltes Lied der Insel.

Nichts hätte besser zu diesem Moment gepasst. Jeder spürte in seinem Herzen die Entscheidung, sich nicht wie gekränkte Krieger zu verhalten, sondern so wie es schon seit Urzeiten hier üblich war. Liebe und Vergebung hatten diese Insel geprägt und auch jetzt, schreckliche Verluste später, wollten sich die Bewohner treu bleiben.

Dieses kleine unschuldige Kind hatte die Herzen aller gerettet.

Auch die Nordmänner fühlten tief in ihrem Inneren ein nie zuvor vorhandenes Glücksgefühl. Und wieder kehrte Stille ein, eine Stille des Friedens und der Liebe.

Naya stand auf und tanzte, Trommeln setzten ein, Flöte und Harfe begleiteten sie. Weich und rund waren ihre Bewegungen, ein Kommen und Gehen, fließend von hier nach dort, reine Anmut und Liebe. Nayas Gesicht spiegelte Lebenslust und Freude.

Der Krieg war vorüber, die Angst und Gefahr überstanden.

Sie tanzte reine Sinnlichkeit. Und auf einmal begann der fremde Häuptlingssohn zu singen. Dunkel und kraftvoll, in der dem Inselvolk unbekannten Sprache sang Gran. Aber alle verstanden, dass es ein Liebeslied war.

Da erhob sich auch Zara, entzündete ihre magischen Feuerkugeln und begann zu spielen. Das Feuer flüsterte, schwoll an und ab im Gleichklang mit der Musik und der wunderschönen Stimme Grans.

Minuten wurden zu Stunden, gefangen in reiner Harmonie erlebten alle Frieden und Liebe.

Diesmal setzte keine Stille ein, diesmal wurde geklatscht, gejubelt, sich um den Hals gefallen und gelacht. Es dauerte Minuten bis wieder Ruhe eintrat und nun endlich zur Wahl der neun Weisen geschritten werden konnte.

Die beiden Freundinnen verließen den Festplatz als mit den politischen Diskussionen und der Wahl zum neuen Ältesten begonnen wurde, auch den Beschluss über das Wohl der Gefangenen erwarteten die Beiden nicht mehr.

Für Zara und Naya war es Zeit zu gehen. Zeit aufzubrechen und ihr eigenes Leben wieder zu bestimmen. Naya hatte beschlossen eine kleine Schule des Tanzes und der Musik zu errichten, sie wollte sesshaft werden und endlich ihre geliebten Kleider wieder tragen können.

Zara wollte zu ihrem Halbbruder aufbrechen und das Volk der Steppenreiter besuchen. Sie spürte, dass sie dort einen Teil ihres Herzens finden würde. Außerdem wollte sie reiten, schnell wie der Wind, mit Freude und nicht mit Sorge im Herzen.

Sie gingen ein letztes Mal zu ihren Zelten am Waldrand, packten zusammen und nahmen sich in die Arme. Lange würden sie sich nicht sehen, aber das brauchten sie auch nicht. Jede spürte die Andere, mehr und näher als noch ein paar Wochen zuvor.

Beide hatten ihre Fähigkeiten zu sehen, zu heilen und zur rechten Zeit am richtigen Ort zu sein kennengelernt und beide würden in den nächsten Monaten bis zur nächsten Wintersonnwende weiter lernen.

Gleichzeitig sprachen sie:

„Liebe in deinem Herzen", lösten sich aus der Umarmung und gingen ohne sich noch einmal umzusehen, denn sie sahen sich in ihren Herzen, immer!

Denise C. Barth lebt mit ihrer Familie in ihrer Wahlheimat Andalusien.

Unter www.fincalamaya.de findet man mehr von Ihr.

Über tredition

www.tredition.de

Der tredition Verlag wurde 2006 in Hamburg gegründet. Seitdem hat tredition Hunderte von Büchern veröffentlicht. Autoren können in wenigen leichten Schritten print-Books, e-Books und audio-Books publizieren. Der Verlag hat das Ziel, die beste und fairste Veröffentlichungsmöglichkeit für Autoren zu bieten.

tredition wurde mit der Erkenntnis gegründet, dass nur etwa jedes 200. bei Verlagen eingereichte Manuskript veröffentlicht wird. Dabei hat jedes Buch seinen Markt, also seine Leser. tredition sorgt dafür, dass für jedes Buch die Leserschaft auch erreicht wird

Autoren können das einzigartige Literatur-Netzwerk von tredition nutzen. Hier bieten zahlreiche Literatur-Partner (das sind Lektoren, Übersetzer, Hörbuchsprecher und Illustratoren) ihre Dienstleistung an, um Manuskripte zu verbessern oder die Vielfalt zu erhöhen. Autoren vereinbaren unabhängig von tredition mit Literatur-Partnern die Konditionen ihrer Zusammenarbeit und können gemeinsam am Erfolg des Buches partizipieren.

Das gesamte Verlagsprogramm von tredition ist bei allen stationären Buchhandlungen und Online-Buchhändlern wie z. B. Amazon erhältlich. e-Books stehen bei den führenden Online-Portalen (z. B. iBookstore von Apple) zum Verkauf.

Seit 2009 bietet tredition sein Verlagskonzept auch als sogenanntes "White-Label" an. Das bedeutet, dass andere Personen oder Institutionen risikofrei und unkompliziert selbst zum Herausgeber von Büchern und Buchreihen unter eigener Marke werden können.

Mittlerweile zählen zahlreiche renommierte Unternehmen, Zeitschriften-, Zeitungs- und Buchverlage, Universitäten, Forschungseinrichtungen, Unternehmensberatungen zu den Kunden von tredition. Unter www.tredition-corporate.de bietet tredition vielfältige weitere Verlagsleistungen speziell für Geschäftskunden an.

tredition wurde mit mehreren Innovationspreisen ausgezeichnet, u. a. Webfuture Award und Innovationspreis der Buch-Digitale.

tredition ist Mitglied im Börsenverein des Deutschen Buchhandels.